D1755479

Eugen Roth
# Abenteuer in Banz
Zeichnungen
Johannes Käfig

Kleebaum Verlag

Kleebaum Verlag 1995
Eugen Roth, Abenteuer in Banz
In: Sämtliche Werke, Band 4
© 1977 Carl Hanser Verlag München Wien
ISBN 3-930498-07-3
Gesamtherstellung: Pustet, Regensburg

# Abenteuer in Banz

Ich bin, vor zehn Jahren vielleicht, und ich war also nicht der Jüngste, Mitte Dreißig, ungefähr, in Geschäften nach Franken gereist, und da habe ich noch, wie alles gut abgewickelt war, eine Woche für mich zur Kurzweil herausgeschlagen. Und weil es so klarer und warmer Herbst gewesen ist, habe ich mir gedacht, ich sollte doch das berühmte Vierzehnheiligen anschauen und das Schloß Banz; ich habe es nur so vom Vorbeifahren gekannt, einmal nachts den rauschenden Hügel unterm geronnenen Mondhimmel und einmal unter den schweren Flügelschlägen der Novemberwolken. Und es ist seitdem Banz für mich eine Art Märchen gewesen und ein Zauberschloß und schier so, daß die innerste Seele sich gescheut hat, da einfach hinzugehen und das alles anzuschauen wie irgendein anderes Stück Erde.
Und jetzt war ich dennoch wirklich dort, in Staffelstein, in einem alten Wirtshaus, und es ist ein Septembertag aufgegangen, aus den dicken Bäuschen des Morgennebels, ganz aus

kaltem Dampf, und golden funkelnd stand droben das Schloß Banz, mit feurigen Fenstern. Ich bin aber zuerst nach Vierzehnheiligen gewandert, über die geschliffenen Wiesen, und bin um die Kirche herum wie um ein Schiff und durch das Geschrei der Wachszieher und Händlerinnen, die ihre Buden herumgedrängt hatten um den riesigen steinernen Körper, der sich da hinaufgeschwungen hat, gelbwarm in den silberblauen Himmel. Und das erstemal bin ich nicht in die Kirche hinein, es wäre zuviel gewesen, und bin hinauf an den Waldrand, ins späte Gras hab ich mich gelegt und über die nahen Türme hinübergeschaut auf den waldweiten Berg von Banz.
Und dann bin ich doch hinein in die große Stille; eine ganz dröhnende Stille war drin, in der Kirche, als wären die Pfeiler und Bögen und Kuppeln und wie man das alles heißt, als wär' das eine einzige Orgel.
Das wollte ich aber gar nicht erzählen, sondern bloß damit sagen, wie ich in einer fast

heiligen Stimmung gewesen bin, wie ein rechter Wallfahrer, und so bin ich auch dann den Berg hinuntergegangen und bin froh gewesen in dem leicht gewordenen Tag, der jetzt mittaghell und heiß über dem Tal gelegen ist.

Auf einem kleinen Fußpfad, an Weiden entlang und später an Zwetschgenbäumen, aber die Früchte waren noch nicht recht reif, bin ich dann in ein Dörflein gekommen, da haben sie gedroschen, und die Mägde sind bunt und glühend auf den mächtigen Schütten Stroh gestanden und haben mir zugelacht. Aber ich bin nicht stehengeblieben und habe keine recht angeschaut, denn ich habe ja noch vor Mittag droben sein wollen in Banz.

Und dann bin ich am Main gewesen. Der Fluß ist schwarz und still an dem buschigen Berg hingeflossen, und über den grünen Stauden drüben ist steil der schattentiefe Wald aufgestiegen. Der Fährmann hat mich übergeholt, es war keine breite Flut, ein

Wehr war da, und das braune Wasser ist weißquirlend hinuntergesprungen, aber dann war es wieder lautlos und dunkel wie zuvor. Eine Wirtschaft ist dagestanden, mit einem Tisch und einer Bank im Freien, grad überm Fluß und mit dem Blick über das Wiesental, gegen Lichtenfels zu. Und obwohl ich eigentlich gleich hätte den Wald hinaufsteigen wollen und erst droben Mittag machen, habe ich mir's anders überlegt, denn Hunger hatte ich auch, und die Aussicht übers Wasser war schön, und vielleicht konnte ich, ein Stückchen stromabwärts, baden, denn es war windlos und warm.
Ich setze mich also auf das Bänklein, die Kellnerin kommt, eine freundliche Person, die vor gar nicht langer Zeit recht hübsch gewesen sein muß, und bringt mir, was sie gerade hat, Schinken, Brot und einen Schoppen Apfelwein. Wir reden, was man so redet, wie der Sommer war und daß es ein schöner Herbst werden kann, da kommt ein Mädel des Wegs, mit einem kleinen Handkoffer,

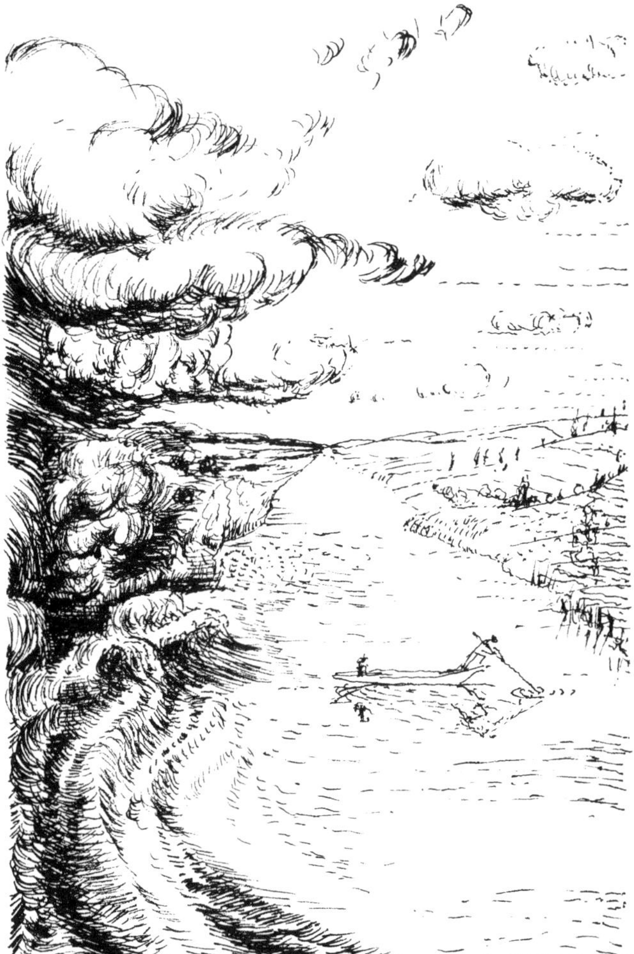

lacht die Kellnerin an, die sie wohl schon kennt, und mit dem gleichen Blick lacht sie auch mich an, nicht frech, aber deutlich und unbekümmert. Sie setzt sich ans andere Ende des Tisches, verlangt etwas zu essen und unterhält sich in einem unverfälschten Fränkisch mit der Kellnerin, so daß ich Mühe habe, das Gespräch zu verfolgen.

Sie hat ihren Dienst aufgesagt, die Frau war ihr zu streng, da ist sie einfach auf und davon, eine neue Stelle hat sie noch nicht, aber sie wird schon was finden. Es ist nicht das erstemal, daß sie durchbrennt, einmal wäre es ihr schon beinahe schlecht bekommen, sie ist drei Tage ohne einen Pfennig Geld in Nürnberg herumgestrolcht, dann hat sie, wie sie sagt, Glück gehabt, sie hat einen netten Herrn aufgegabelt, und da ist dann wieder alles gut gegangen.

Sie merkt, daß ich eigentlich aus Langerweile oder aus Zwang, denn schließlich muß ich es ja mit anhören, hinhorche und fängt sogleich meinen kühlen Blick in ihre blitzenden Augen und lacht, daß ihre weißen Zähne schimmern. Ein wunderbares Gebiß hat sie, sage ich mir, noch ganz fremd, aber ich denke schon weiter: Schön ist dieses Frauenzimmer! Wie alt kann sie sein? Noch keine zwanzig, sie ist herrlich gewachsen, eigentlich nicht bäuerisch, sie hat nur etwas Fremdes, Slawisches, Breites – was geht sie mich an, ein entlaufenes Dienstmädchen –, da spüre ich schon, daß ich mich wehre, daß es zuckt und zerrt in mir, und daß ich plötzlich weiß: das ist ein Raubtier, da mußt du auf der Hut sein!

Ja, da war mit einemmal die ganze Gnade dieses frommen Tages fort, Vierzehnheiligen war fort mit seinem rauschend inbrünstigen Jubel und die kühle Sehnsucht nach Wasser und Wald und nach dem stillen Weg, hinauf ins Licht, nach Banz.

Nie ist ein Mann schärfer und in seiner Lust nach Abenteuern gefährdeter, als wenn er auf Reisen ist und das Leben schmecken will wie fremden Wein und fremdes Brot.

Und dieses junge Weib, unbekümmert und in einer fast tierischen Unschuld das Leben witternd, war so bedrohlich wie selbst bedroht. Sie war nicht gewöhnlich, sondern fest, sie war nicht frech, sondern kühn, sie war nicht anschmeißerisch, aber sie war da.
Ihr Blick hatte etwas Furchtloses, und ihre Zähne hatten etwas Gewalttätiges. Sie war eine Wilde, wie von anderm Blut und anderen Gesetzen.
Ich mischte mich sparsam in das Gespräch, ich gesteh's, ich spielte den Mann von Welt, der sich herabläßt und so ein Wesen nicht ernst nimmt.
Sie wurde schnell vertraulich, und wieder konnte ich nicht sagen, sie wäre zudringlich gewesen. Sie hat in ihrem Täschchen gekramt und mir ein Kreuzchen, das sie von ihrer Mutter zur Firmung gekriegt hat, mit der gleichen Unschuld gezeigt wie das Bild ihres ersten Liebhabers, der starren Blicks mit aufgedrehtem Schnurrbart als Oberländler vor einer Zither saß.

Er spiele jetzt in Hamburg bei einer bayerischen Truppe, sagte sie, und ich bekam eine Wut auf den geschleckten, leeren Burschen – und diese Wut war schon so gut wie Eifersucht. Die Kellnerin ging und holte mir einen zweiten Schoppen. Ich hätte längst gehen sollen, aber ich log mich an, daß ich ja tun könnte, was ich wollte, und daß es so prächtig zu sitzen wäre, auf der Bank in der Sonne, dicht über dem schwarzen Wasser. In Wahrheit hielt mich dieses Weib mit den Zähnen fest. Sie saß jetzt ganz nahe, es gab sich unauffällig, weil sie mir etwas zeigen wollte, ich schaute gar nicht recht hin, es war wieder ein Lichtbild, ich verschlang sie selber, ihr bloßer Arm streifte meinen Mund, ich roch sie, ich schmeckte sie. Ich zitterte heftig, ich mußte mir Gewalt antun, sie nicht anzufassen. Sie lachte mir breit, mit ihrem Raubtiergebiß ins Gesicht.
In einer festen Stellung leben, das wäre keine Kunst, aber sie wollte frei sein. Sie ließe sich nichts gefallen. Sie wollte zum Leben ja und

nein sagen, wie es ihr passe, nicht wie es die andern möchten. Ich fragte mit angestrengter Ruhe, ob sie nicht Angst hätte, das Leben wäre gefährlich für so ein junges Lämmchen, wie sie noch eins wäre. Der Wolf würde sie fressen, wie im Märchen. Und ich streichelte eine blonde Locke aus ihrer Stirn. Sie aber, lustig in meine Augen hinein, gab zur Antwort, sie wäre kein Lämmchen, sie wäre schon selber ein Wolf. Und fürchten täte sie keinen. Es wäre schon einer da, noch vorm vorigen Sonntag her, der möchte ihr freilich nachstellen. Und das wäre mit ein Grund, daß sie wegliefe. Sie könnte den Kerl nicht ausstehen. »Aber Sie sind ein netter Herr«, sagte sie plötzlich und so ungeschickt, daß ich wieder zur Besinnung kam und wegrückte.

Jetzt kehrte auch die Kellnerin zurück und setzte das Krüglein vor mich. »Ihr jungen Dinger«, schimpfte sie gutmütig, »ihr seid doch gar zu leichtsinnig.« Am letzten Sonntag hätten sich die Mannsleut fast geprügelt

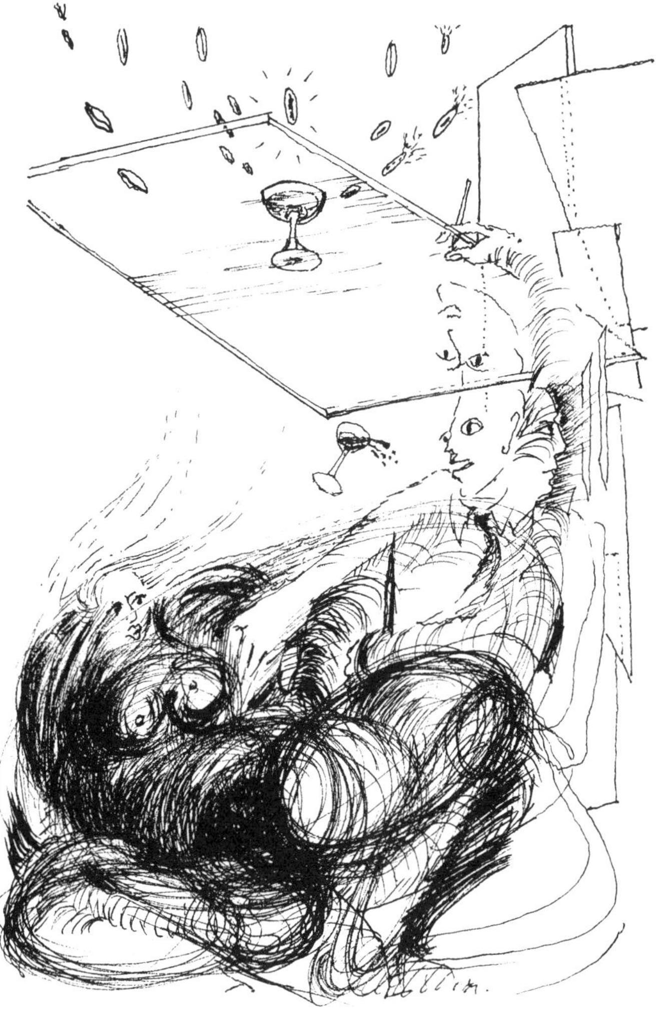

wegen dem Mädel da. Und sie ist dann doch mit dem langen, schelchäugigen Kerl fort und man weiß nicht, wohin ... »Hast du denn gar keine Angst, und schämst du dich denn gar nicht?!«

Das Mädchen lachte und warf den Kopf zurück: »Nein!«

Wieder war es kein freches, schamloses Nein, sondern ein sieghaftes, unangreifbares, das noch von keiner Niederlage des Lebens wußte.

Nun ging das Mädchen weg, eine Ansichtskarte zu holen, und die Kellnerin redete mit mir, wohlwollend seufzend, wie Erwachsene über Kinder reden. Und sie erzählte noch einmal ausführlich, wie das gewesen wäre am Sonntag und mit dem wüsten Burschen. »Es gibt Mädeln«, sagte sie, »die sind dazu geschaffen, daß sie die Männer verrückt machen, und wissen es selber nicht. Die ist so eine.«

Ich gab ihr recht, ich sagte, und wußte nicht, wie ich dazu kam, diese Art Mädchen wären wie ein fressendes Feuer und die letzten Gefährtinnen verschollener, wilderer Götter. Und an solchen Frauen könnte sich Wahnsinn und Verbrechen entzünden, und ähnlicher Art wären die gewiß, die den Mördern zum Opfer fielen, unschuldig und doch schuldig.

Die Kellnerin schaute mich einen Augenblick erschrocken an, ich war auch verwirrt, aber dann lachte sie, wie sie gewohnt war, über die Späße der schlimmen Herrn zu lachen, die sie bedienen mußte. Es war ein hölzernes Berufsgelächter, und sicher dachte sie auf ihre Art über das Wort Mörder nach, wie ich es auf die meine tat, rasend plötzlich und wie von einem Gott berückt zu brausenden Träumen.

Das Mädchen kam zurück, wollte die Karte schreiben, kramte vergebens nach einem Bleistift, sah mich bittend an. Ich hatte, wie immer, Bleistifte in allen Taschen, und der, den ich ihr gab, war ein versilberter Drehstift, wie ihn große Geschäfte zu Werbezwecken verschenken. Sie bewunderte ihn aufrichtig; sie war in diesem Augenblick wieder ganz die schöne Barbarin, ein beglücktes Kind; und so habe ich sie wirklich geliebt. »Bitte, behalten Sie ihn«, lächelte ich, »wenn er Ihnen Freude macht!« Und stockend fügte ich noch hinzu: »Zum Andenken an —«, ich war ums Haar wahnsinnig genug, meinen Namen zu nennen, sagte aber dann doch nur: »an unsere Begegnung.« Ich spürte, wie mir das Blut in den Kopf schoß, sie sah mich an, auch sie war rot bis in das Weiße der Augen hinein, aber mit einem mehr wissenden als fragenden Blick.

Jetzt ist es genug, sprach ich hart zu mir selber, schalt mich einen Narren und hatte eine Wut auf meine Schwachheit. Ich trank rasch aus und verlangte zu zahlen. Ich hatte nur einen Zwanzigmarkschein, und die Kellnerin mußte ins Haus, um Wechselgeld zu holen.

Währenddem schrieb das Mädchen und ich sah schweigend auf den Fluß und über die

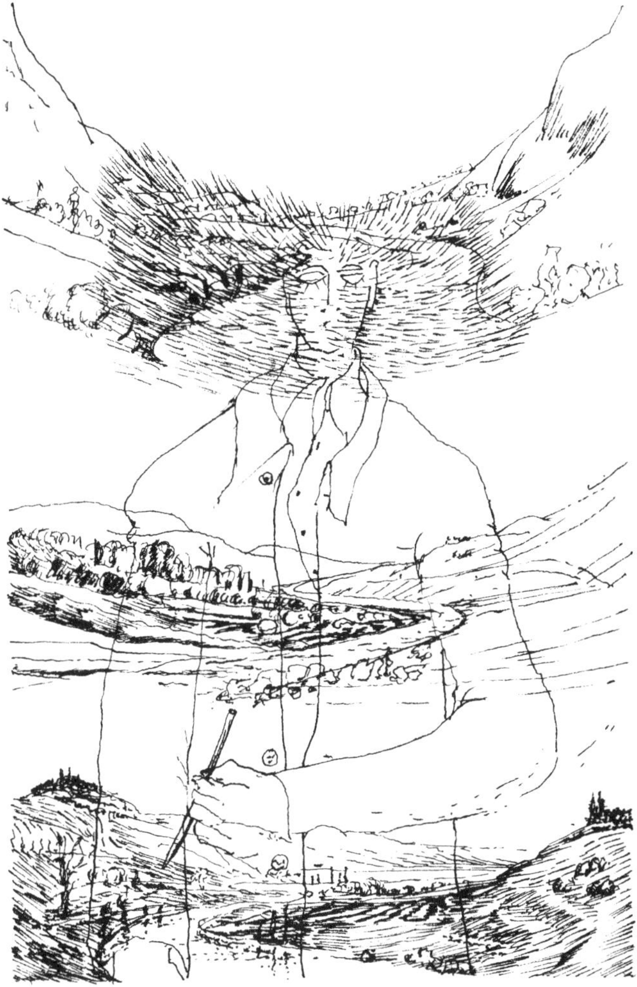

Wiesen, darüber jetzt der volle Mittag flimmerte, ein gläsern klarer Septembermittag. Ich tat so, wie Reisende tun, die sich eine Weile angeregt unterhalten haben, schier vertraulich oder feurig, und die nun, nah am Ziel, das Gespräch einschlafen lassen, um mit einem höflichen kalten Gruß auseinanderzugehen, fremd, wie sie sich einander begegnet waren.

Aber die Schreibende bot plötzlich und ohne jede Absicht einen so betörend süßen, ja entflammenden Anblick, daß ich im Innersten gänzlich herumgeworfen, mich jetzt nicht minder heftig wiederum einen Narren hieß, daß ich dieses Abenteuer ließe, das ich doch, wie ich mir einredete, zu einem anständigen und uns beide beglückenden Erlebnis machen konnte, wenn ich nur ernsthaft wollte.

Ich konnte ihr nicht nur in ihrer schlimmen Lage helfen, ich vermochte wohl unschwer ihr das tiefe Geheimnis einer großen Begegnung einzuprägen, das ihrem ohnehin gefährdeten Leben bedeutungsvolle Kräfte verleihen würde.

Zugleich aber kam die Kellnerin und legte das Geld in großen Silberstücken hin. Indem ich es einstrich, sah das Mädchen auf und seufzte: »Viel Geld!« Und mir schoß es durch den Kopf: »Also doch ...«, und ich würgte an einem unverschämten, scherzhaft sein sollenden Angebot, ganz erbärmlich war ich in diesem Nu, vor Enttäuschung, Begierde und Hilflosigkeit. Der blühende Traum der Liebe zerfiel. Aber da klagte sie schon, wieder so entwaffnend wie je. »Wenn ich das Brot da bezahlt habe, bleiben mir keine fünf Mark mehr, und wer weiß, für wie lange.« Nun hatte ich wieder Mitleid mit ihr. War es nicht begreiflich, daß ihr der Anblick des blitzenden Silbers einen Seufzer des Begehrens entlockt hatte? Aber wie konnte ich ihr Geld bieten, oder auch nur ihre Zeche bezahlen? Vielleicht hatte ich selbst kein gutes Gewissen mehr, jedenfalls schämte ich mich und blieb unentschlossen.

Es fiel mir schwer, zu gehen. »Geh!« sagte die eine Stimme in mir; »endgültig versäumt«, sagte die zweite. Noch blieb ein Ausweg: Sehr laut und umständlich fragte ich die Kellnerin nach dem nächsten Badeplatz, obgleich ich ihn unschwer gefunden hätte. »Zweihundert Schritte mainaufwärts«, gab sie Auskunft, »zweigt von der Straße ein Fußweg zum Wasser ab. Er führt zu einer Halbinsel, und da wird immer gern gebadet.«

»Dorthin werde ich gehen«, sagte ich mit einem nur allzu befangenen Lächeln zu dem Mädchen hin, und »Grüß Gott«, sagte ich, und »Ihnen viel Glück auf den Lebensweg, und vielleicht sehe ich Sie schon heute abend wieder in Lichtenfels!« Und ich ging übertrieben munter, den Stock wirbelnd, davon. Ich sah mich auch nicht mehr um – Lebe wohl, hübsches Kind, tralala, ich habe schon schönere Frauen ungeküßt lassen müssen als dich! Vorbei! Aber herrliche Zähne hat sie. Das muß ihr der Neid lassen. Und überhaupt, wer weiß, vielleicht bist du die verzauberte Prinzessin im Aschenbrödelgewand, und ich bin der törichte Prinz, der es nicht gemerkt hat ...

Ein Mann ging vorbei, ein großer Kerl, und schaute mich mit schiefem Blick grußlos an. Ich kümmerte mich nicht darum.

Eine rasende Spannung war in mir, die Leidenschaft drückte mir gegen das Herz. Und plötzlich spürte ich es: Das war doch die Aufforderung zu einem Stelldichein gewesen, nichts anderes. Und sie wird kommen, sie wird kommen. Sie wird, zufällig, vorbeigehen, wird lächeln, ihre Zähne werden blitzen, sie wird sagen: Ja, da bin ich. Und ich werde sagen: Es ist so schöne Sonne hier, bleiben Sie ein bißchen. Und sie wird sich ins Gras setzen, und vielleicht bin ich ... ich dachte nicht weiter, ich dachte nur bis zu der glühenden Wand: Sie kommt!

Es war eine grüne Stille um mich von Berberitzen und Haselnußstauden, und ich war schon auf dem Fußsteig und ging ganz langsam, so schwer ging ich unter der Last meiner Angst und Begierde.

Der späte Sommer kochte die Süßigkeit der Erde gar in einer brodelnden Luft. Ich spürte die reife Verführung, und noch einmal nahm ich mir dreist das Recht, diesen Taumel, der mich überfallen hatte, Liebe zu nennen. Nichts wehrte sich in mir gegen dieses Mädchen als das Vorurteil, daß sie eine Magd sei. Aber gehen nicht herrlich durch alle Mythen und Sagen die wandelbaren Götter? Trifft nicht mit blindem Pfeil Eros, wen er will? War mir das Leben so reich gesegnet, daß ich es verschmähen durfte, nun, da es prangend kam, leicht zu lösen aus seiner Verkleidung?

Freilich, die andre Stimme war nicht minder mächtig, sie rang mit dem kupplerischen Blendwerk der verzauberten Sinne. Es blieb ein kalter, wachsamer Rest Verstandes in meinem schwirrenden Hirn, den keine schönen Worte überlisten konnten. Aber, war dieser Rest Vernunft nicht einfach Feigheit

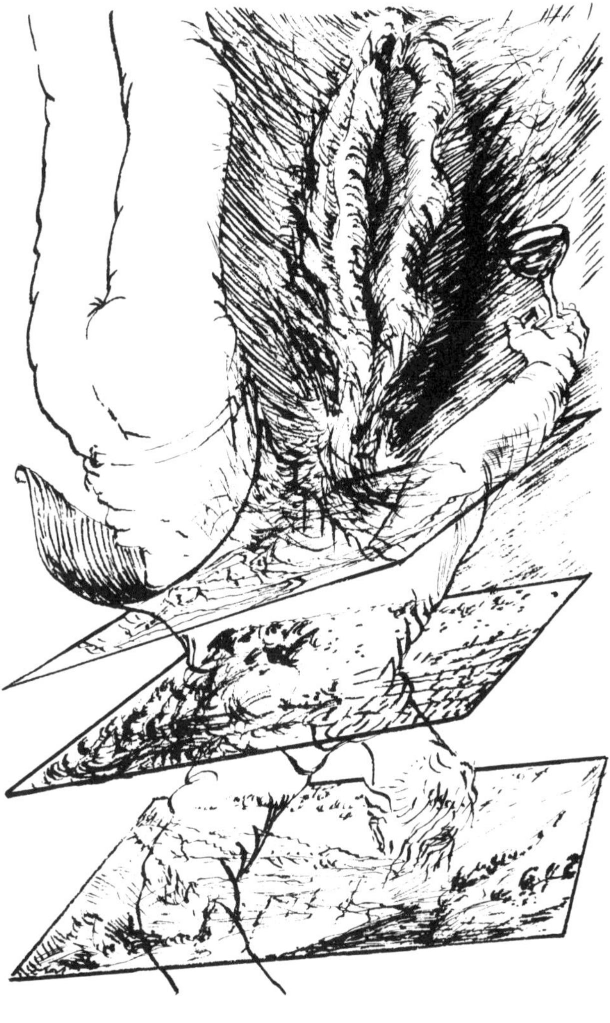

vor dem Leben, diesem Leben, das immer eingesetzt sein will, wenn es gewonnen werden soll? Ich wußte nicht, ob ich ein Sieger war oder ein Besiegter, wenn ich es tat, wenn ich es ließ.

Ich setzte mich an den Rand des Flusses. Schwarz, still und kalt strömte das Wasser vorbei. Ich tauchte die Hand hinein, es war ein Erwachen. Da lauere ich wie ein Tiger im Dschungel, lachte ich. Ja, ich lachte plötzlich laut, um mich zu befreien. Aber die Beklemmung blieb. Würde ich wohl überhaupt den Mut haben, sie anzureden? Oder würde ich blöde sitzenbleiben und sie vorbeigehen lassen, endgültig vorbei? Immer wieder spielte ich mir die Szene vor. Ich war meiner Rolle sicher, nicht sicher – sicher, je nach den Wallungen meines Blutes.

Stille. Der Himmel schien nicht mehr so hoch und blau, ein Schatten fuhr kalt über den warmen Tag. Es war Zeit. Warum kam sie nicht? Das Geld fiel mir wieder ein, pfui Teufel! Ich wollte hier einem losen Mädchen auflauern, das ich nicht kannte, wollte mich sinnlos in fremdes Fleisch stürzen, ich erschrak vor mir selber. Und dann sah ich sie wieder vor mir, nicht das landstreicherische Dienstmädchen, nein, die schöne Barbarin, prall von Jugend und Gesundheit, ein lachendes, starkes Abenteuer. War dies nicht das Glück, das der Weiseste pries: Wollust ohne Reue!?

Wieder war die Stille groß am lautlosen, erdschwarzen Wasser. Warum kam sie nicht? Wenn sie hier nicht kam, mußte sie drüben gehen, jenseits des Flusses, über die Wiesen; ich konnte sie anrufen, sie würde stehenbleiben, ans Ufer kommen. Ich würde hinüberschwimmen, nackt, ein wilder Nöck, jagend auf weiße Nymphen.

Sie kommt nicht! Gut, daß sie nicht kommt. Gut! Es ist ausgeträumt, eine verrückte Geschichte, aber der Himmel hat mehr Einsehen als ich lüsterner Faun. Keine Rolle für mich! Haltung, elender Bursche! höhnte ich mich, Haltung hält die Welt!

Ich zog mich aus. Ich trat ins Wasser, der Boden war schlammig. Kalt war es, sehr kalt. Ich stieß mich hinaus, ich tauchte tief in die Flut, ich schwamm und schwamm, stromauf, stromab; ich schielte noch auf den Weg, dann fror ich; erbärmlich kalt war der Main im September, an einem schier heißen Nachsommertag. Ich stieg wieder ans Ufer, zog mich an, ich klapperte mit den Zähnen. Auf tausend Umwegen suchte die Begierde den Weg zurück: Zähne – schöne Zähne hat sie, fiel mir ein, und ich mußte sie wieder verscheuchen aus mir, die süße, gefährliche Verlockung.

Es ist jetzt genug, ich gehe nach Banz hinauf. Ich zünde mir eine Zigarre an. Heute abend bin ich in Lichtenfels, morgen in Coburg, am Mittwoch in Nürnberg, am Donnerstag bin ich zu Hause. Eine schöne Reise, sehr viel Neues habe ich gesehen. Pommersfelden war eine Verzauberung, in Bamberg der Dom, der Reiter und die Justitia. Und heute Vierzehnheiligen ... Banz ...

Der prunkende Barock begann wieder zu leuchten, die Engel kamen wieder – und das streunende Dienstmädchen, es ist zum Lachen.

Ich ging weglos in den Wald hinauf, überquerte die Straße. Am Wirtshaus wollte ich nicht mehr vorbei, weiß der Teufel, vielleicht saß sie noch dort, und am Ende hat sie gar den Kerl hinbestellt, um sich zu verabschieden. War nicht so ein Bursche mir vorhin über den Weg gelaufen?

Der Wald war hoch von schlanken Buchen. Über den Wipfeln schimmerte blau das Licht, ich ging wie auf dem Grunde eines Meeres.

Dann stand ich droben, betrat den Schloßhof, bog auf die Terrasse hinaus. In weiten Wellen wogte das fränkische Land her bis an den grünen Wall von Bäumen. Drüben stand der Staffelstein, im Schatten seiner Wälder dunkelte Vierzehnheiligen. Das Licht war jetzt von leichtester Klarheit. Nur gegen Westen stieg der bunte Staub des Abends in den Himmel, über den weiten Wiesen, den Büschen, Gehölzen und Pappelreihen, dazwischen der traurige Strom, mattglänzend, sich hin und her wand, wie blind und tastend nach einem Ziel, immer wieder zurückgebogen, müde und schwer von schwarzem Wasser.

Dreimal war ich fortgegangen, dreimal kam ich wieder, ohne Kraft zum Abschied, den unersättlichen Blick in die immer tieferen Farben des Abends getaucht.

Dann ging ich unter den blanken Schwertern der sinkenden Sonne den lichtdurchblendeten Hang hinunter, waldhinunter, steilhinunter, wiesenlang, in die brennenden Fenster von Lichtenfels hinein.

Am Abend bin ich allein in der Wirtsstube gesessen, lange bin ich geblieben und habe den hellen, erdigen Frankenwein getrunken. Ich habe verschollener Würzburger Studententage gedacht und oft und oft das Glas gehoben zum Gedenken der Freunde, von denen so mancher seitdem vor Ypern oder

Verdun geblieben war. Und auch der Frauen habe ich dankbar gedacht, schöner Tage und Nächte am dunklen Strom. Und weiß Gott, das Mädchen von heute mittag hatte ich fast vergessen. Ist doch gut gewesen, daß es anders gekommen ist ... Nur ein leiser, im Weine schon schaukelnder Schmerz ist mir geblieben, wie bei allem Verlust. Und das letzte Glas habe ich auf die geleert, die nun wieder ganz rein und jeder Sehnsucht würdig vor mir stand, die zähneblitzende, furchtlose Wilde, die schöne Barbarin. Möge es dir gut gehen, nie berührte Geliebte, träumendes Abenteuer und zugleich armes Kind, mit deinen paar Pfennigen im Täschchen und mit dem Siegerlachen, das noch nicht weiß, wie gefährlich und schwer das Leben ist.
Ich habe tief und traumlos geschlafen in dieser Nacht und bin spät erst wieder aufgewacht. Vor dem Fenster lag noch milchweiß der Nebel, aber schon da und dort triefend vom warmen Gold. Es würde ein schöner Tag werden.

Ich bin hinuntergegangen zum Frühstück, und der Kellner, der mich gestern noch, ein gefallener Engel aus himmlischen Großstadtbetrieben, gelangweilt und geschmerzt, mit gramvollen Hochmut bedient hatte, war ganz munter und aufgeregt und begann unverzüglich zu fragen, der Herr seien doch auch gestern spazierengegangen und den Main heraufgekommen, und ob dem Herrn nichts aufgefallen sei. Natürlich, nein, denn sonst hätte der Herr ja Lärm geschlagen und Meldung erstattet, aber so sei es auf der Welt und nicht nur in den großen Städten, wo er, nebenbei gesagt, lange Jahre in ersten Häusern gearbeitet habe, nein, hier, in dem windigen Nest, ja, daß Menschen ermordet würden, mir nichts, dir nichts, im Wald, mitten auf dem Weg, nicht einmal Raubmord, nein, ganz gewöhnlicher Mord oder vielmehr höchst ungewöhnlicher, an einem Dienstmädchen, am hellen Tage, nein, kein Lustmord, nichts dergleichen, Eifersucht vermutlich, ja sogar ganz bestimmt Eifersucht, und der Täter sei schon gefaßt, jawohl, noch am späten Abend in seiner Wohnung festgenommen, eine erstaunliche Leistung für eine so harmlose Kleinstadtpolizei –.

Ich saß, aufs tiefste bewegt und ins innerste Herz getroffen, betäubt von dem Redeschwall des Geschwätzigen, der nicht ahnen konnte, wie nahe mir seine Nachricht ging vom schrecklichen Ende der schönen Barbarin, der wildbegehrten, die noch leben würde, ja, die jetzt wohl hier säße am Tische, wenn ich die Kraft gehabt hätte, das Abenteuer zu wagen, das sich so wunderbar geboten.

Und der Kellner, der meine Erstarrung für nichts als die gespannte Gier nach seinen Neuigkeiten hat halten müssen, hat mir nun eingehend berichtet, was er von dem Landjäger erfahren hat, der dem Mord auf die Spur kam.

Mainaufwärts, nicht weit von dem Wirtshaus bei der Fähre, hat die Kellnerin die Leiche gefunden, gestern am Nachmittag. Sie hat

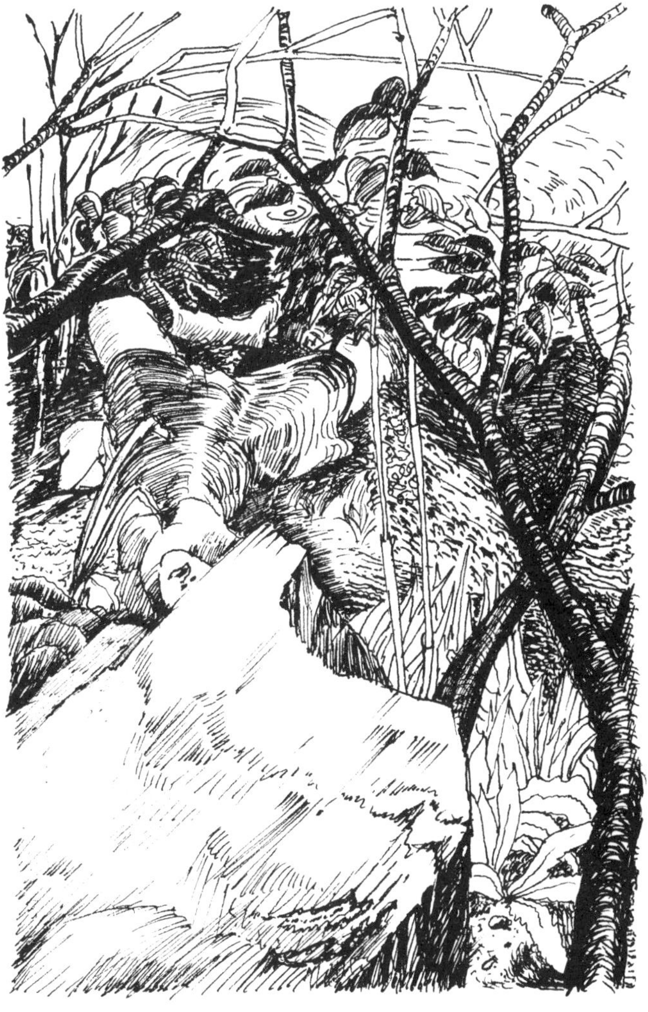

die Tote gekannt, Barbara hat sie geheißen und ist ein Dienstmädchen gewesen, nicht gerade vom besten Ruf. Die Kellnerin hat einen großen schelchäugigen Kerl vorbeistreichen sehen am Wirtshaus, und da hat sie eine Ahnung gehabt, der müßte doch der Barbara begegnet sein, die flußaufwärts hat gehen wollen, nach Lichtenfels.

Und dieser Kerl ist es auch gewesen, und es hat wenig Mühe gemacht, das herauszubringen. Das heißt: zuerst hat sich der Verdacht in anderer Richtung bewegt, weil man in dem Täschchen der Toten einen Bleistift gefunden hat. Aber der Spur hat man gar nicht nachgehen brauchen, denn die Barbara, die offenbar erst nach heftigem Widerstand erwürgt worden ist, hat in der verkrampften Hand einen Hirschhornknopf gehalten, einen ausgerissenen Knopf; und die Joppe, an der solche Knöpfe sind, ist dem Landjäger nicht ganz unbekannt gewesen.

Und an dieser Joppe hat auch der Knopf gefehlt, am Abend, als der Landjäger dem

Mann den Mord auf den Kopf zugesagt hat.
Der Täter hat auch gar nicht geleugnet, jawohl, hat er gesagt, ich bin's gewesen. Sonst hat er aber nichts gesagt, dem Landjäger nichts und dem Oberwachtmeister nichts. Doch, etwas hat er gesagt, aber es ist kein Mensch draus klug geworden, wen und was er gemeint hat: »Der Hund«, hat er gesagt, »hat sie wenigstens nicht mehr gekriegt!«
Und der Kellner hat mich gefragt, ob ich mir denken könnte, was da im Spiele sei; und ich habe gelogen und gesagt, nein, das könnte ich mir nicht denken.
Ich bin dann noch lange allein gewesen und habe gefrühstückt und mir eine Zigarre angezündet. Ich habe über alles nachgedacht.
Der Mann, der Mörder, der Täter, wird hingerichtet oder er kommt, wenn's Totschlag war, nicht unter acht Jahren Zuchthaus davon. Er hat dann auch, wie ich später gelesen habe, zehn Jahre Zuchthaus bekommen. Aber ich, der Nichttäter, ich bin frei ausgegangen, wie es sich gehört von Rechts

wegen. Ich hatte mich ja nur leutselig mit einem fremden Mädchen am Wirtstisch unterhalten und ihr gönnerhaft einen Bleistift geschenkt.

Ich habe ja Angst gehabt vor dem gefährlichen Leben. Ich habe geschrien nach dem Fleische und bin doch zurückgeschreckt vor dem Dämon, der es durchglühte. Und ich bin damals, als der Unschuldige, mir erbärmlich genug vorgekommen, gedemütigt vor der wilden und unbesonnenen Kraft des gewalttätigen Burschen.

An jenem Morgen aber, und es wurde ein milder, blauer Tag, wie der vor ihm, war ich schon willens abzureisen, sofort nach Hause zu fahren, weg von diesem Ort, heraus aus dem lächerlichen und zugleich grauenhaften Abenteuer, das keines war.

Aber plötzlich ließ ich, der ich schon auf dem Bahnhof stand, den Koffer zurückbringen, vom dienstbeflissenen Hausknecht, und ich bin an dem Tag noch einmal nach Vierzehnheiligen gegangen. Ernst, und wenn das

Wort gelten darf, fromm und als ein Wallfahrer. Die Kirche dröhnte ihr steinernes Gloria in excelsis so jubelnd wie am Tage vorher. Ich schritt um den Gnadenaltar. Ich sah die Engel fröhlich über bunten Baldachinen und sah Kerzen hoffend und bittend aufgesteckt vor lächelnden Märtyrern. Und da ging ich hinaus und tat, was ich noch nie getan hatte, ich kaufte bei einem alten Weiblein eine Kerze.

»Gel«, wisperte sie, »ein junges Mädl hat gestern einer umgebracht. Wie nur die Mannsleut gar so wild sein können. Bloß, daß sie der andere nicht kriegt, soll er sie kaltgemacht haben. Da hat er was davon, wenn sie ihn jetzt hinrichten«.

»Ja«, sagte ich freundlich, »was hat er davon ...« Und unter den blinden Augen der alten Frau habe ich plötzlich gezittert, es war mir, als käme all das Furchtbare noch einmal auf mich zu; aber dann war es verschwunden.

»Welchem von den vierzehn Nothelfern soll

ich jetzt diese Kerze weihen?« fragte ich, mehr um etwas Ablenkendes zu sagen. »Ja, mein lieber Herr«, überlegte sie bekümmert, »das kommt ganz darauf an. Der heilige Blasius ist gut für den Hals, und die heilige Barbara hilft gegen jähen Tod.«

»Das ist in beiden Fällen zu spät«, sagte ich, wehrlos gegen den grausen Humor, der in mir übersprang. Für ein Mädchen, das gestern erwürgt worden ist, dachte ich schaudernd. Dann trug ich die Kerze in die Kirche. Barbara ... mit einemmal, jetzt erst kam mir die Wortverbindung – hatte ich nicht das Mädchen bei mir die schöne Barbarin genannt? Und ich entzündete das Wachslicht vor dem weißgoldenen Bildnis der Heiligen. Und sagte einfältig ein Vaterunser. Draußen sah ich jenseits des Tales, über dem weiten Wald, die Türme von Banz. Und dort unten, am Fuß des Berges, wo die sonnigen Wiesen an die dunklen Schatten des umbuschten Hügels stoßen, muß der Main fließen, still traurig und schwarz, wie gestern, wie vor

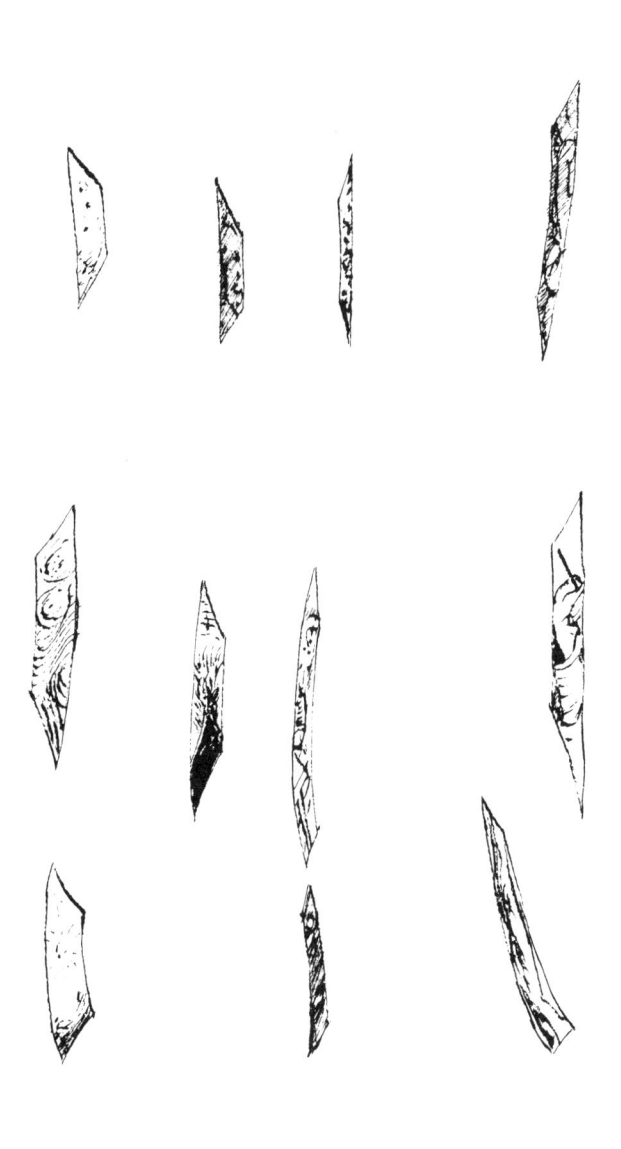

Jahren, wie immer. Da muß auch das Wirtshaus stehen, am Wasser, mit der Fähre dabei und dem Stück Weg...

Noch einmal, einen Herzschlag lang, wartete ich in quellend süßer Angst und purpurner Begierde auf das Abenteuer; wartete auf die blitzenden Zähne und den gefährlichen Rausch jener gleichen Stunde – gestern.

Und liebte, in diesem Augenblick, dieses fremde junge Weib so tief und so wahr, daß mir die Tränen in die Augen stiegen, daß ich schwankte unter einer jähen Last von Glück und Sehnsucht.

Dann war alles vorbei. Von der Kirche her schlugen die Glocken, ich ging eilig zu Tal.

Gegen Abend bin ich mit dem Schnellzug geradeswegs nach Hause gefahren. Ich bin, ein fremder Fahrgast, unter anderen fremden und abweisenden Leuten in meinem Abteil gesessen, bin in den Speisewagen gegangen, habe geraucht, mich gelangweilt, schließlich habe ich in einem fränkischen

Provinzblatt, das ein Herr neben mir liegengelassen hatte, die erste, kurze und falsche Mitteilung von einem Mord bei Banz gelesen, so kalt, als hätte nicht beinahe, auf Spitz und Knopf, ich selber eine Hauptrolle dabei gespielt ...

## KLEEBAUM-VERLAG

> Noch einmal der Bachmann begegnen <
Gedichte auf und für Ingeborg Bachmann
60 S., 19,80 DM

»Bibliophile Hommage« (*FOCUS*)

♣

William Turners Fränkisches Skizzenbuch von 1840
98 S., 36,– DM

»Kunsthistorische Sensation« (*Neue Presse Coburg*)
»Exakt so groß und großartig wie Turners originales
Zeichenbüchlein ist auch diese bibliophile Ausgabe.«
(*Franken–Merian*)

♣

Leonhard Frank: Die Mutter
Mit 9 Holzschnitten von Frans Masereel
Reprint der Vorzugsausgabe aus dem Jahre 1919
68 S., 29,80 DM

»Das leidenschaftlichste Buch gegen den Krieg,
das die Weltliteratur aufweist.« (*Kurt Pinthus*)

**EIN VERLAG, DEN MAN SUCHEN MUSS**

## KLEEBAUM-VERLAG

> Der Augenblick des Fensters <
55 Fenster-Gedichte
108 S., 19,80 DM

»Keine allzu lieben Fensterlein« (*Fränkischer Sonntag*)

♣

Ludwig Richter:
Aus seinen Fränkischen Skizzenbüchern
96 S., 36,– DM

»Eine besondere Kostbarkeit« (*Nürnberger Nachrichten*)

♣

Jakob Wassermann: Die Fränkischen Erzählungen
Herausgegeben von Wulf Segebrecht.
Mit einer Umschlagzeichnung von
Michael Mathias Prechtl
488 S., 29,80 DM

»Die Auswahl verschafft eine aufschlußreiche
Kostprobe des prosaischen Schaffens.«
(*Fränkischer Tag*)

### EIN VERLAG, DEN MAN SUCHEN MUSS